Souvenir
du
2 Décembre
1870
Loigny

LOIGNY

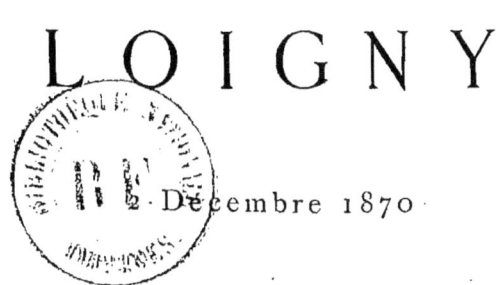

Décembre 1870

Prière d'envoyer la Photographie

des Personnages manquant à cet Album

pour compléter l'Ouvrage.

Vᵛᵉ TOUZERY, Pʜᴏᴛᴏɢʀᴀᴘʜᴇ-Éᴅɪᴛᴇᴜʀ, Oʀʟᴇ́ᴀɴs

BATAILLE DE LOIGNY. — CHARGE DES ZOUAVES PONTIFICAUX

2 DÉCEMBRE 1870

LOIGNY EN FLAMMES (NUIT DU 2 DÉCEMBRE 1870)

RECONSTITUTION DE LA BATAILLE, D'APRÈS UN FUSAIN FAIT SUR LES LIEUX, HUIT JOURS APRÈS,
PAR M. LE DOCTEUR RICHER, DE CHARTRES, AUJOURD'HUI ADJOINT A LA SALPÉTRIÈRE.

GRANDE VUE DE LOIGNY. — PANORAMA

UNE RUE DE LOIGNY PAR LAQUELLE EST ENTRÉ L'ENNEMI

AUBERGE SAINT-JACQUES

DANS L'AUBERGE SAINT-JACQUES ON LUTTA CORPS A CORPS, NOS SOLDATS DÉSARMÉS PRENAIENT
DES TABOURETS, ET ILS FRAPPAIENT ENCORE !
CROIX FAITE AVEC DES DOUILLES DE CARTOUCHES PRUSSIENNES

Chateau de Villepion

CHATEAU DE GOURY, PAROISSE DE LOIGNY

D'APRÈS UN DESSIN DE M. RICHER

ANCIENNE ÉGLISE DE LOIGNY

D'APRÈS UN CLICHÉ RETROUVÉ CHEZ M. DE CAMBRAI

NOUVELLE ÉGLISE DE LOIGNY

EN CONSTRUCTION

CHAPELLE FUNÉRAIRE OU DU SACRÉ-CŒUR

À LA MÉMOIRE DES COMBATTANTS

DU 2 DÉCEMBRE 1870

FANION DES VOLONTAIRES DE L'OUEST

BRODÉ ET OFFERT PAR LES SŒURS DE PARAY-LE-MONIAL

NOMS DES COMBATTANTS TOMBÉS A LOIGNY

OSSUAIRE OU SONT RÉUNIS LES OSSEMENTS DES SOLDATS TOMBÉS A LOIGNY
ET AUX ENVIRONS

Consécration

DES

Volontaires de l'Ouest

au Sacré-Cœur

À l'ombre de ce Drapeau, teint du sang
de nos plus nobles et plus chères victimes,
moi, Général Baron de Charette,
qui ai l'insigne honneur de vous commander,
je consacre la Légion des Volontaires de
l'Ouest, les Zouaves Pontificaux,
au Sacré-Cœur de Jésus, et, avec ma foi de soldat,
de toute mon âme, je dis
et je vous demande de dire tous avec moi :

CŒUR DE JÉSUS
SAUVEZ LA FRANCE !

Rennes, le 28 Mai 1871.

CONSÉCRATION AU SACRÉ-CŒUR
DU RÉGIMENT DES VOLONTAIRES DE L'OUEST
Peinture dans la Chapelle funéraire

MORT DE M. DE TROUSSURES
Peinture dans la Chapelle funéraire

MONUMENT DU SACRÉ-CŒUR
ÉLEVÉ DANS LE BOIS DES ZOUAVES
A LA MÉMOIRE DE MM. DE BOUILLÉ & DE VERTHAMON ET DE LEURS COMPAGNONS
TOMBÉS EN CET ENDROIT

CROIX ÉRIGÉE A L'ENDROIT MÊME OU EST TOMBÉ LE GÉNÉRAL DE SONIS
PAR MONSEIGNEUR BAUNARD, SON HISTORIEN
ET INAUGURÉE SOLENNELLEMENT LE 15 AOUT 1891

MONUMENT ÉRIGÉ PAR LES SOINS DE Mme DE FERRON
EN MÉMOIRE DE SON MARI ET DE SES COMPAGNONS D'ARMES
QUI REPOSENT EN CE LIEU AU NOMBRE DE 140

MONUMENT ÉLEVÉ A LA MÉMOIRE DES MOBILES DE LA HAUTE-VIENNE

Le département de la Haute-Vienne garde un souvenir reconnaissant aux habitants de Menvilliers et de Lumeau, qui ont recueilli ses blessés.

MONUMENT ÉLEVÉ A LA MÉMOIRE DE CHARLES D'ALBERT
DUC DE LUYNES ET DE CHEVREUSE

Né A PARIS LE 22 JUIN 1845

SOUS-LIEUTENANT AUX ZOUAVES PONTIFICAUX EN 1867, CAPITAINE AUX MOBILES DE LA SARTHE

TUÉ A LOIGNY LE 2 DÉCEMBRE 1870

Le Général de Sonis

Commandant du 17ᵉ Corps d'Armée.
Laissé sur le champ de bataille de Loigny, la cuisse fracassée, retrouvé seulement
le lendemain matin

Mort en 1887. — Son corps repose dans la crypte de l'église de Loigny, a côté
de l'Ossuaire, avec cette inscription : *Miles Christi*

M. le Général Comte Henri de Bouillé

Chef d'État-Major du 17ᵉ Corps

Blessé a l'épaule par un éclat d'obus, 2 Décembre 1870

COLONEL BARON DE CHARETTE

Blessé a Loigny, fait Général en Janvier 1871

M. DE TROUSSURES

COMMANDANT DES ZOUAVES PONTIFICAUX, TOMBÉ SUR LE CHAMP DE BATAILLE AU COIN DU BOIS
DES ZOUAVES; A EU LA TÊTE CASSÉE D'UN COUP DE CROSSE PAR UN SOLDAT ALLEMAND,
LE SOIR DU 2 DÉCEMBRE, APRÈS LE COMBAT FINI

DE GASTEBOIS (ALBERT)

NÉ A BARDOULT (DORDOGNE), LE 4 OCTOBRE 1842
ENGAGÉ AUX VOLONTAIRES DE L'OUEST, TUÉ A LOIGNY LE 2 DÉCEMBRE 1870 CAPITAINE

COMTE HENRI DE VERTHAMON
Né à Bordeaux le 10 Février 1833
Premier Porte-Drapeau, tué à Loigny le 2 Décembre 1870

M. JULES DE TRAVERSAY

ACTUELLEMENT GOUVERNEUR DU CHATEAU DE CHAMBORD
SERGENT-MAJOR DES ZOUAVES PONTIFICAUX. — BLESSÉ ET RENVERSÉ PAR UNE BALLE
AU MOMENT OU IL PRENAIT LA BANNIÈRE DU SACRÉ-CŒUR DES MAINS
DE M. DE VERTHAMON, QUI VENAIT D'ÊTRE TUÉ.

COMTE FERNAND DE BOUILLÉ

NÉ A PARIS LE 19 MARS 1821

ENGAGÉ AUX VOLONTAIRES DE L'OUEST LE 3 NOVEMBRE 1870

BLESSÉ MORTELLEMENT A LA BATAILLE DE LOIGNY, DÉCÉDÉ LE 25 DÉCEMBRE 1870 A ORLÉANS

JACQUES DE BOUILLÉ
FILS DE M. LE COMTE FERNAND DE BOUILLÉ
NÉ A NANTES LE 4 MAI 1844
ENGAGÉ AUX VOLONTAIRES DE L'OUEST LE 3 NOVEMBRE 1870, TUÉ A LOIGNY LE 2 DÉCEMBRE 1870

M. L'ABBÉ THEURÉ

Curé de Loigny depuis 1862, Chevalier de la Légion d'honneur
Lauréat de la Société Nationale d'Encouragement au Bien (28 Mai 1895)
Chanoine Honoraire de Chartres

DE CAZENOVES DE PRADINES
GENDRE DE M. DE BOUILLÉ
GRIÈVEMENT BLESSÉ A L'AVANT-BRAS. — DÉPUTÉ DE LA LOIRE-INFÉRIEURE

MARQUIS DE COISLIN (PIERRE)

Né a Angers le 17 Janvier 1803
Engagé aux Volontaires de l'Ouest le 30 Octobre 1870

DE FERRON (BERTRAND)
ENGAGÉ AUX VOLONTAIRES DE L'OUEST, BLESSÉ A LOIGNY

DE FERRON (FERNAND)

Né a Saint-Solain (Côtes-du-Nord), le 11 Décembre 1840
Tué a Loigny le 2 Décembre 1870 Sous-Officier

M. VIARD (DON SÉBASTIEN)

GÉNÉRAL DES TRAPPISTES

ENGAGÉ AUX VOLONTAIRES DE L'OUEST POUR LA DURÉE DE LA GUERRE

M. DE FOUCHIER

RETRAITÉ COMME LIEUTENANT-COLONEL A CHATELLERAULT (VIENNE). — COMMANDANT LE 97ᵉ DE
MARCHE QU'IL AVAIT ORGANISÉ COMME SIMPLE CAPITAINE A BORDEAUX. — ETAIT A LOIGNY A
LA TÊTE DU 2ᵉ BATAILLON; S'EST BATTU LE 2 DÉCEMBRE 1870, DE 9 H. DU MATIN A 5 H. 1/2 DU
SOIR. BLESSÉ DANS LE CIMETIÈRE ET FAIT PRISONNIER, IL RÉPOND FIÈREMENT AU GÉNÉRAL
PRUSSIEN QUI L'INVITAIT A FAIRE CESSER LE FEU: *Monsieur, ce n'est pas mon affaire d'arrêter le feu
de mes soldats, c'est la vôtre!*

M. TOLLIN

M. LE CAPITAINE VICTOR NOYER

MORT DE SES BLESSURES LE 6 DÉCEMBRE

Entré à Saint-Cyr en 1850, M. Noyer avait fait, au 7e de Ligne, les campagnes d'Orient, de Rome et du Mexique. Blessé à l'assaut de la Tour Malakoff, il avait eu le bras droit cassé au combat de San-Antonio le 10 Août 1864 et avait été cité à l'Ordre général de l'Armée. Obligé de subir la résection du bras, et retraité comme Capitaine, il était, en 1870, Commissaire de surveillance administrative à Châteaudun; marié, père de cinq enfants, il reprend du service à la nouvelle de nos désastres; — est envoyé du 37e régiment d'infanterie au 37e de marche, — et mortellement frappé dans le cimetière de Loigny. (Figure par erreur sur les tables mortuaires de Loigny au 38e de marche).

M. LAROCHE

Actuellement en retraite à Cherchell (Algérie). Ancien Adjudant de zouaves, Lieutenant au 37e de marche, grièvement blessé dans les derniers instants de la lutte, à Loigny, et fait prisonnier.

SCHMODERER

ENGAGÉ AUX VOLONTAIRES DE L'OUEST

DE LA GRANGE (PIERRE)

Né a Paris le 28 Mars 1845

Engagé aux Volontaires de l'Ouest, tué a Loigny le 2 Décembre 1870 Sous-Officier

M. ERNEST CHAPELOT

1, RUE DU LOUVRE, PARIS. — ÉTAIT CLERC DE NOTAIRE A MELUN, ORGANISE LA DÉFENSE DE LA
COMMUNE DONT SON PÈRE ÉTAIT MAIRE; FAIT PRISONNIER, MENACÉ D'ÊTRE FUSILLÉ ET PLACÉ
DEVANT LE PELOTON D'EXÉCUTION A DEUX REPRISES SUCCESSIVES, S'ÉCHAPPE, REJOINT AU
97e LE COMMANDANT DE FOUCHIER. SERGENT-MAJOR AU 2 DÉCEMBRE, A LUTTÉ JUSQU'AU
DERNIER MOMENT A LOIGNY, A PU S'ÉCHAPPER AVEC QUELQUES HOMMES DU CIME-
TIÈRE ET REJOINDRE A TERMINIERS CE QUI RESTAIT DU RÉGIMENT.

Dʳ Dujardin-Beaumetz
Directeur de l'Ambulance de Loigny
Aujourd'hui Directeur du Service de Santé au Ministère de la Guerre

ÉGLISE SAINT-PÉRAVY-LA-COLOMBE

EGLISE SAINT-PÉRAVY-LA-COLOMBE

OU LE GÉNÉRAL DE SONIS, M. DE CHARETTE ET LEURS COMPAGNONS D'ARMES PASSÈRENT LA NUIT
LA VEILLE DU 2 DÉCEMBRE

POUR LE CLOCHER DE LOIGNY !

Ils n'étaient pas plus grands, ceux qui dorment rigides
A Cologne, à Strasbourg, dans la nuit des caveaux ;
Ceux dont à Saint-Denis les hordes régicides
Mirent en ricanant les vieux corps en lambeaux ;
Ils ne l'ont pas été, ceux qu'en sa robe grise,
Où scintillent le soir les rubis du vitrail,
Notre-Dame enveloppe, au bord du fleuve assise,
Depuis qu'un premier mort a franchi son portail !
Plus grands que ces héros dont la cendre repose
Dans ce pays sacré, dans ce Loigny géant.
. . . .

Jamais nul ne le fut !!! et quelle apothéose
Saurait trouver pour eux l'hymne assez éclatant !
Quel Homère français, quel barde au souffle épique,
Sa lyre entre les mains décrirait le combat,
Où les douze cents ans de la France héroïque
Dans chaque homme incarnés, firent chaque soldat !

Loigny ! c'est Tolbiac, Bouvines et Pavie :
Pavie, où le vaincu domina le vainqueur ;
C'est Jeanne, revivant une heure de sa vie
Près d'un autre étendard d'une même couleur !

Et cependant les morts des vieilles Cathédrales
Tressaillent réjouis quand l'ange de Noël
Dans la cloche bourdonne à de courts intervalles :
« *Paix aux morts ! aux vivants ! Paix au plus haut du ciel !* »
Ils écoutent aussi l'*Alleluia* sonore,
Orchestre de la fête où chante le printemps
Puis, lorsque l'*Angelus* vient saluer l'aurore,
Un frisson de bonheur court sur leurs ossements.

Hélas ! ceux de Loigny sous l'autel funéraire
N'ont jamais entendu ce rythme balancé :
Pour eux, aucun écho ne traverse la terre,
Pour eux, c'est le silence opprimant et glacé !
. . . .

Ainsi n'était-ce point au jour de la bataille :
Vous en souvenez-vous, quand le canon tonnait ?...
O superbes vaincus !!! malgré cette muraille,
Même s'il parlait bas, il vous réveillerait !

Eh bien ! il faut pour vous qu'un autre airain résonne,
Nous voulons qu'une flèche arrive jusqu'aux cieux :
Par les soirs de printemps ou par les soirs d'automne,
La cloche bercera le sommeil de nos preux.

Ils nous ont tout donné dans leur élan splendide,
Tout, — jusqu'au témoignage où la postérité
Verra que ces aïeux dont l'honneur fut l'égide
La France n'avait point encor démérité !
Ils nous ont tout donné ; donnons avec usure,
Pour que des morts moins grands de la Seine et du Rhin
On ne compare pas la riche sépulture
Quand chacun de nos morts égale un paladin !

Vous les croyants, donnez pour que le bourdon chante
La prose triomphale en l'honneur d'un Soldat ;
Pour que de cierges d'or la crypte étincelante
Contemple un front nimbé, vainqueur au bon combat !

Et vous qui maudissez la discorde et la haine,
Quel que soit le tribun, ne voyez qu'un Français,
Donnez, pour que bientôt, d'une voix souveraine,
La cloche de Loigny tinte un doux chant de paix !

Car ils nous ont crié du fond de l'ossuaire :
« *Vous ne laisserez pas ces reîtres impunis ?*
« *Notre espoir est le vôtre, ô mon fils, ô mon frère !*
« *Mais les peuples vainqueurs sont les peuples unis !* »
Puis ils ont dit encor : « *Le Dieu de la victoire*
« *Détourne son regard des soldats orgueilleux ;*
« *D'autres, s'agenouillant, ont inscrit dans l'histoire*
« *Lépante ou Jéricho ; priez..... priez comme eux* »

Alors, vous qui rêvez, frémissants d'espérance,
Au vœu que nous légua l'immortel bataillon,
Donnez, pour qu'à Loigny le bronze en sa cadence,
De la Revanche un jour sonne le carillon !

É. D.

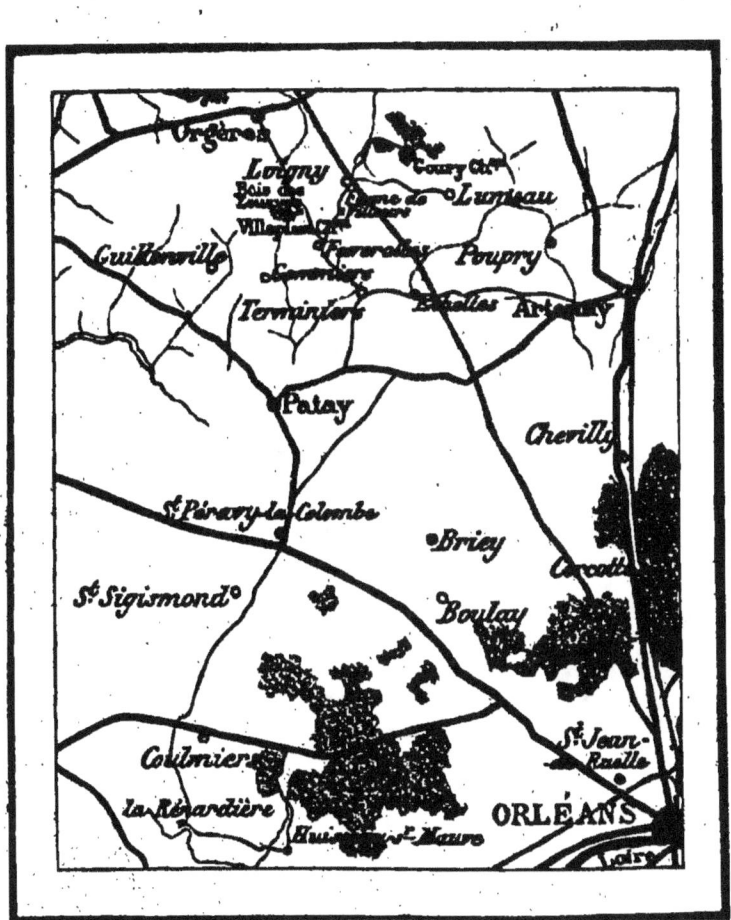